# 2<sup>me</sup> PAQUET

DE

# VÉRITÉS

## A-qui de droit...

GRENOBLE, FÉVRIER 1878

GRENOBLE

IMPRIMERIE ET LITHOGRAPHIE VEUVE RIGAUDIN

8, rue Servan, 8

—

1878

# 2<sup>me</sup> PAQUET

DE

# VÉRITÉS

## A qui de droit...

GRENOBLE, FÉVRIER 1878

**GRENOBLE**

IMPRIMERIE ET LITHOGRAPHIE VEUVE RIGAUDIN

8, rue Servan, 8

**1878**

# AVIS DE L'AUTEUR

« Quiconque ignore l'art de lire entre les lignes,
D'entendre à demi-mot, de comprendre par signes,
Doit rejeter cette œuvre : au lieu de s'égayer,
Si tel est son désir, il pourrait s'ennuyer... »

# AVANT-PROPOS

C'est un devoir, une loi salutaire,
Qui s'impose à tout homme ayant un peu de cœur,
De signaler ce que l'on devrait faire,
Et ce qu'on a mal fait, sans craindre la rumeur...

C'est un danger, c'est une erreur immense
Que de fermer les yeux sur certains intérêts ;
Le fourbe seul prêche l'indifférence,
(Dont il se garde bien), pour mieux faire ses frais...

Mais un devoir, dans le temps où nous sommes,
Cent fois plus rigoureux, c'est de suivre et traquer,
Dans notre camp (1), certaine espèce d'hommes
Dont la couleur est fausse, et de les démasquer...


Preuves en main, traçant de leur histoire
Les pages que la loi ne saurait déchirer...
On montrerait ainsi leur fausse gloire ;
De ces vils ennemis on doit se délivrer...


Or, dans ce but, malgré les railleries,
Malgré les détracteurs effrayés du grand jour,
Pour défier toutes leurs batteries,
Dans l'arène bientôt je serai de retour...

---

(1) Le camp républicain.

## A *Monsieur le Rédacteur en chef du journal*
## L'Impartial Dauphinois.

—————×—————

Noblesse oblige et passion énerve ;
Ces tyrans font un sort triste à l'humble rimeur,
    Quand d'un Zoïle il irrite une verve
Ardente à réveiller la publique rumeur...


Voilà pourquoi dans la feuille publique
Dont vous êtes, Monsieur, le premier rédacteur,
    Je cherche asile, ou mieux je revendique
Le droit de rire un peu d'un habile ergoteur...


Votre journal fera, je le parie,
Du rire large et franc verser les tendres pleurs ;
    Et nous verrons, parmi la galerie,
De l'un à l'autre camp s'élancer les rieurs.


En l'art d'écrire, un homme fort habile
A mordu mon premier paquet de vérités ;
    Sur le second qu'il épanche sa bile :
Nous verrons si ses coups seront plus mérités.

Du vrai le sage ardemment se soucie,
Contre l'erreur peut-il refuser son concours ?
C'est pour cela que je vous remercie
D'avoir daigné parler de mon premier discours.


Pour celui-ci veuillez faire de même,
Citez mon orthographe et mes plus faibles vers...
Versez sur eux un terrible anathème
Capable d'irriter contre moi l'univers...


Vous me verrez, en élève docile,
Profiter des leçons que vous me donnerez
Et vous rendrez encore plus fertile
Le champ de mon esprit que vous labourerez...


J'entends déjà la meute de l'intrigue
Aboyant, le front bas, le regard vers les cieux :
« Dire : A ces flots élevons une digue ;
Ils sont trop purs... faisons qu'ils paraissent fangeux..»


Je suis cruel sans cesser d'être honnête ;
En dépit des méchants, je vais droit mon chemin ;
Malgré vos traits, je porte haut la tête,
Et je cite en entier votre article à la fin (1).

---

(1) J'invite le lecteur à prendre connaissance de cet article, à la fin de cette brochure, avant d'aller plus loin, à défaut de quoi un grand nombre de quatrains lui paraîtront incompréhensibles.

# DÉDICACE

A l'inconnu qui fit la découverte,
Sous un papier « *serin* » d'un « poète *nouveau,* »
Pour le railler sous une prose verte,
Et dont l'*Impartial,* un jour, se fit l'écho.

# 2ᵐᵉ PAQUET·

# DE VÉRITÉS

———×———

Qui s'élança sur la pente rapide
Où se place celui qui parle franc, debout,
 Quand même il sent son jarret fort solide,
S'il ne veut trébucher, doit aller jusqu'au bout...


 Voilà pourquoi, sans m'effrayer, je brave
De nouveau les grands cris des gens intéressés
 A voir durer longtemps une erreur grave.
La guerre fait toujours des morts et des blessés...


 Je ne fais pas, sans motifs, des éloges ;
Comme le courtisan, je n'ai pas cent profils ;
 Il prend son heure à toutes les horloges,
Etre soi, c'est, pour lui, braver de grands périls.

       ★

Voilà pourquoi loin de chanter je siffle
(Dans mes vers aujourd'hui, bons enfants sans façon),
    Qui, sur ma joue, appliqua telle giffle,
Dont serait étourdi plus d'un vaillant garçon.


    « Oh ! ciel ! ! giffler ! ! ! quel mot sort de sa plume,
Dites-vous : Apollon furieux va clamer ! »
    Tant pis, je forge à chaud sur mon enclume,
Mes vers et je n'ai pas le temps de les limer.


    Vous paraissez être bien plus habile
Dans l'art de découvrir des fautes de français...
    Jouez encor le rôle de Zoïle,
Puisque dans son grand art vous avez des succès...


    Sans, toutefois, qu'un sifflet, une lyre,
Dans votre grand esprit, encor soient confondus
    (N'oublions pas une S) et sachez lire,
Même entre chaque ligne, ou vos soins sont **perdus**...


    Faute de mieux, aidé d'une FAIBLE S
Qui s'est trompée, hélas ! de mot... — distraction.
    Vous nous montrez plus d'une PETITESSE...
— Dans votre bel esprit, dans votre intention.

De tant de PIE... augmentez-vous le nombre ?
Si oui, vous nous prouvez, ô long épistolier ! ·
    Qu'il n'est vraiment pas de soleil sans ombre ;
Qu'il n'est pas de railleur qu'on ne puisse railler.


S'il n'en est pas, à quoi bon de la forme,
Ainsi que vous, Monsieur, être si fort épris
    Et fustiger dans un article énorme,
En respectant le fond, celle de mes écrits ?


Cela vous rend semblable à cet espiègle
Qui trébuche en fuyant, regardant qui le suit...
    Qui veut planer dans l'azur comme un aigle,
S'il n'a pas de bons yeux, se plonge dans la nuit.


« Ce malheureux n'a qu'un petit bagage
Littéraire, et pourtant il ose nous narguer, »
    — Dites-vous dans votre piquant langage —
« A son modeste rang, il faut le reléguer. »


Il faut semer des fleurs de rhétorique
Selon la règle, ou bien ne pas dire deux mots !
    Tel est l'avis, la puissante logique
Des esprits asservis par de nombreux *bachots*...

Faites des lois, maîtres, sur l'art d'écrire,
A l'aide du bon sens, sachez les motiver ;
Celles qu'on a, de cerveaux en délire,
Ont dû naître et l'on doit toujours les observer !...


Et si j'avais de magnifique prose
De mes verges orné comme vous mon paquet...
Vous n'eussiez pas exercé votre glose ;
Dans le désert aurait retenti mon sifflet...


Or, à regret, il faut que je le dise,
De ce bruit, je vous dois être reconnaissant ;
Dans sa COULEUR frappez ma marchandise...
Plus elle est agitée et bien mieux on la sent...


Si sur vos pas aujourd'hui je m'élance
— Ce n'est pas sans dégoût — sur la pointe des pieds,
*Le cœur léger,* je dois avec prudence
Enjamber lestement vos immenses bourbiers...


Si votre esprit sait changer en ordure
L'aliment épicé qu'il ne peut digérer,
Faut-il, Monsieur, que sans crier j'endure
Des parfums que le fiel ne fait qu'exaspérer ?

« *Couleur serin* » est un ton à la mode,
On la porte souvent lorsqu'on manque de *flair*...
    Et si railler est chose fort commode,
L'on n'atteint que son nez lorsque l'on crache en l'air...


    Dire à quelqu'un : vous êtes un grand homme,
C'est se moquer de lui, lorsque cela n'est pas ;
    Par vos discours, vous nous faites voir comme
Le besoin de railler vous met dans l'embarras.


    Car vous montrez, en voulant faire rire,
Votre mauvaise foi, vos tristes préjugés.
    Sur un ton faux, ceux qui règlent leur lyre,
Malgré leur beau français, sont toujours bien jugés.


    Le Christ viendrait, on le pendrait encore...
Or, est-il étonnant qu'on rencontre un censeur
    (Que le besoin de critiquer dévore)
D'arguments dépourvu, parlant en professeur ?


    Le professeur corrigeant d'un élève
Les fautes d'orthographe et quelques faibles vers !
    — Pardonnez-moi, maître, si je soulève
Votre voile en bravant vos reproches amers.

Oui, j'en conviens, bien faible est mon mérite,
Et mon tort principal est d'avoir fait sortir,
En l'éveillant, un fier lapin DU GITE...
Où dans sa douce paix il aime à s'endormir.


Il vit ainsi que le veut la nature,
Oubliant le passé, sans peur du lendemain.
Cet asservi n'aime que sa pâture
Et pour n'en pas manquer, à tous il tend la main...


Malheur à qui soulève quelqu'orage,
Menaçant de troubler un instant son repos ;
Sa fine dent est sujette à la rage...
Et, à ses cris perçants répondent des échos...


Si, comme vous, je garde l'anonyme,
Du moins je montre à tous le but que j'ai visé ;
Et sans le moindre intérêt je m'escrime
Contre tout faux toupet coiffant un crâne usé...


Du lourd festin qu'on donne à nos cervelles
Les Facultés, je crois, composent le *dessert*...
Si ce langage a des formes nouvelles,
Il n'est pas inexact, c'est pourquoi l'on s'en sert...

Songez-y bien, au temps qui nous vit naître,
On veut des chefs et non un tyran couronné :
Le faible esprit seul a besoin d'un maître.
Bayard était un *serf* vaillant et blasonné...


Quant aux curés, dans le temps où nous sommes,
Plus que vous je les plains ; je voudrais de grand cœur
Les voir heureux, ainsi que tous les hommes,
Non point par le pouvoir, mais bien par leur labeur...


Les voir jouir de la commune vie,
Libres, sans faux devoirs — Funestes intérêts !
Et repoussant les conseils de l'Envie,
Et les bras d'Escobar à frapper toujours prêts...


Le bien de tous celui qui l'administre,
Devrait-il l'employer sans grande utilité ?
Tout chef élu, conseiller ou ministre,
A-t-il vraiment le don d'infaillibilité ?


Et niez-vous le droit de ceux qui payent
De regarder de près où s'enfuit leur argent ?
Non : donc louez les hommes qui s'effrayent
De ce qu'il adviendra si l'on est négligent...

Allez tantôt faire quelques visites,
D'abord au successeur de Monsieur Péronnet.
    Puis, au Lycée, ainsi que vous le dites,
Renseignez-vous sur qui de son temps ordonnait.


    Du personnel les quatre premiers membres,
Econome, censeur, proviseur, aumônier
    Ont obtenu près de QUARANTE CHAMBRES !
Veuillez les estimer ainsi que *l'escalier*...


    Evaluez le marbre aux cheminées ;
Les bois durs et luisants employés aux parquets ;
    Ce qu'ont coûté, pendant plusieurs années,
La peinture, le plâtre et les papiers coquets... (1).


    Est-ce fini ? mais non : il faut encore
Parler des toits refaits, vu leur mauvais état;
    Le nord, le sud, l'occident et l'aurore
Verront crépir les murs ; jugez du résultat...


    Faut-il parler d'une certaine école
Dont la directrice a pour son seul logement
    NEUF PIÈCES !... Oui, cette dépense est folle ;
Pour une demoiselle est-ce un appartement ?

_____

(1) Voir la note 1<sup>re</sup>, à la fin.

Si nous devons donner le confortable
A ceux qui veulent bien élever nos enfants,
La TRUELLE est un outil redoutable,
Son règne fut fatal aux villes de tous temps.


D'autres objets appellent ses services.
Pour les eaux, les égouts, ce qui peut assainir.
OUI QUELQUE GRANDS QUE SOIENT LES SACRIFICES,
Tant qu'on n'a pas le mieux, le plus il faut agir.


Qu'elle travaille aux écoles primaires,
On doit le répéter, s'il le faut, mille fois ;
Tous les locaux des Sœurs et ceux des Frères,
Aux vôtres comparés, FONT PENSER A LEURS CHOIX...


Et les pavés? Tant qu'il reste des rues,
Des chemins très-passants qui manquent de trottoir,
Doit-on penser à faire des statues ?
Quoi qu'on dise, c'est mal comprendre son devoir.


Et pour ne pas trop irriter la fièvre,
Ni rendre trop bruyant mon infidèle écho,
— Le FIER LAPIN, — ne levons pas le lièvre
Gîté tranquillement dans le temple à Bruno...

Quant au tracé de sa nouvelle Ville,
Près des anciens remparts jusqu'au cours Saint-André,
Il est mauvais et mieux faire est facile,
En dépit des Conseils, de leur savoir sacré (1).


Ils ne sont pas, je l'ai dit, infaillibles,
Et la preuve se voit non loin du Muséum.
On en rirait s'ils n'étaient pas nuisibles,
Moi, je leur donnerais volontiers un pensum...


On vous dira : « L'on ouvrit une enquête,
Et la Terre et le Ciel à nos voix furent sourds.
Nous concluons que notre œuvre est bien faite. »
L'intéressé sourit et l'erreur suit son cours (2).


Tant pis pour qui me traite d'anarchiste,
Ou trouve mes cahiers d'un « *jaune* » trop « *serin* ».
Je le redis — il est bon que j'insiste —
« On n'a pas de chemise, on porte du satin... »


Vous avez cru, versant le ridicule,
Et la plaisanterie aigre-douce à pleins bords,
Avoir grandi... et que, nouvel Hercule,
Vous pouviez soutenir d'Escobar les efforts...

---

(1) Voir ce que contient à ce sujet le *Premier paquet de vérités*, page 15, vers 15 et suivants.

(2) Voir la 2ᵉ note, à la fin.

Bel astre ! on dit qu'un de vos satellites,
A l'instar de Basile exhala, par bonté...
    La calomnie !... Il dit que mes mérites
Jadis m'ont fait chasser... d'où? d'une Faculté !!!


Ah ! croyez-moi, vous faites fausse route,
Revenez sur vos pas et renseignez-les mieux.
    Car ce paquet montre ce qu'il en coûte
Au calomniateur stupide, audacieux.


Vous, vous avez recours même au mensonge,
Dans l'espoir de noyer les naïfs dans votre eau...
    Et le dépit vous *étourdit*, vous ronge.
J'aime des Facultés l'enseignement fort beau... (1).


Oui, c'est sur vous que retombe l'injure
Dont je me plains et que chacun verra,
    Sans bien chercher, dans ma jaune brochure.
Sur vous le ridicule aplatissant ira...

---

(1) Quand il n'a pas lieu devant des banquettes vides ou devant des
gens qui, grâce à leur nullité, ne donneront jamais rien à la Société
en retour des frais énormes qu'elle fait dans l'enseignement supérieur,
et dont, sauf de rares exceptions, eux seuls usent ; je dis : usent, et
non profitent, parce qu'ils viennent aux cours plutôt pour employer
une heure de leur existence que pour y apprendre quelque chose
d'utile, à eux ou à leurs semblables.
    Voir à l'article du journal *l'Impartial*, page 31, ligne 9me.

En s'élevant on s'expose au vertige...
En vous sentant bien haut vous vous croyez plus fort.
Mais lorsqu'on ment on perd tout le prestige
Que donne le haut rang ; donc grand est votre tort...

Et vous prouvez que dans un fort beau vase,
Si l'on peut cultiver les plus charmantes fleurs,
On peut y mettre également la vase
Qui n'en aura jamais les suaves senteurs...

Le vrai penseur, pour admirer exige,
Comme pour critiquer, les clartés du bon sens ;
Debout, sans peur, il toise et puis fustige
Les imposteurs, les sots, ou les petites gens...

Vous qu'on ne peut compter parmi les pîtres
Chargés d'une parade, avec appointements...
A me railler exposez donc vos titres,
Ou justifiez mieux vos longs ricanements.

Vous avez beau, mimant mille grimaces
Et soufflant des brouillards, obscurcir l'horizon,
De vos rictus disparaîtront les traces :
Pour être le plus fort il faut avoir raison...

Montrez donc mieux qu'il faut que l'on vous compte
Au nombre des amis du bon, du vrai, du beau,
   On ne l'est point lorsque l'on dit sans honte,
Aux bonnes gens : CROYEZ ET PUIS BUVEZ DE L'EAU...


Quand on se noie, on peut prendre une paille
Pour une planche sûre et croire à son salut.
   Tel est le sort de tout homme qui raille
En cherchant à cacher son véritable but...


Vous le voyez l'honnête homme qui lutte,
Dans l'intérêt de tous, trouve facilement,
   Contre un railleur qui prépare sa chute,
Non l'affirmation, mais un bon argument.


S'il est bien vrai que de tout on peut rire,
Et vous-même, Monsieur, ne sauriez le nier,
   Les Grenoblois sauront bientôt nous dire
Contre qui, de nous deux, ils devront *rechigner*...


Songez-y bien, je vous mets en demeure
De faire le grand jour sur le but de vos cris ;
   En refusant de répondre sur l'heure,
Le public vous verra dans votre filet pris...

Dans mes quatrains exprès je me répète...
L'élagage bien fait rend un arbre plus beau !
Sans la forcer ouvre-t-on notre tête ?
Enfonce-t-on un clou d'un seul coup de marteau ?...


Croyez-le bien, il marche sans lisière
Celui que vous raillez dans son « 1er PAQUET. »
Sur le second, que votre humeur altière,
Comme sur un silex, heurte mieux son briquet...


Nous en verrons jaillir des étincelles,
Qui peut-être seront prises pour des flambeaux ;
S'il est des yeux qui ne les voient pas belles...
Aux feux d'Iris jamais ne pensent les cristaux !...


De mes quatrains vifs et nombreux : nonante !
Si la mâle vigueur vous blesse, vous déplaît ;
Récitez-les comme une pénitente,
Pour gagner son pardon, égrène un chapelet...


ADMIRATEUR DE BELLE POÉSIE,
Je vous pardonnerai ; car déjà je vous plains...
Quand d'Aristarque on devient le Sosie,
On doit beaucoup souffrir en lisant mes quatrains...

Relisez-moi, pour votre pénitence ;
Faites saigner la plaie où mon style enfonça ;
Le Ciel est plus cruel dans sa vengeance
Que votre serviteur, envers qui l'offensa...


ADMIRATEUR DE BELLE POÉSIE,
Lorsqu'on l'a dépassé, l'on a manqué son but...
Défiez-vous de votre frénésie...
Agréez ce conseil et mon humble salut.

## Au nouveau Conseil municipal.

Des conseillers, la nouvelle fournée
Subira-t-elle aussi de l'intrigue les lois ?
Qu'elle ouvre l'œil plus grand que son aînée ;
Qu'elle voit l'intrigant ; qu'elle étouffe sa voix...


J'aime à semer ; à d'autres la récolte !
Car je ne veux rien être et ne demande rien.
Devant l'abus mon âme se révolte ;
Avec calme peut-on voir gaspiller son bien ?

Si je dis vrai, chers Grenoblois, à l'aide !
QUE LA VILLE NOUVELLE AIT UN NOUVEAU TRACÉ...
Au mal pressant apportons un remède,
Ou longtemps l'avenir gémira du passé...

Epargnez-lui toujours, quand c'est possible,
DES LOGEMENTS HIDEUX NÉS DES ANGLES AIGUS.
REND-ON UN POINT DE TOUS POINTS ACCESSIBLE
PAR UNE LIGNE DROITE ? A VOUS, NOUVEAUX ÉLUS !

Faites surtout que jamais on ne compte
AVEC LES VIEUX TALUS, LEURS MARAIS ET LEUR MUR...
Que par vos soins tout cela se démonte
Lestement, et par là votre plan sera pur.

DES FACULTÉS FERMEZ LE NOUVEAU TEMPLE,
Et bientôt changez-en la destination ;
De vos aînés n'imitez pas l'exemple
Et l'on bénira votre administration...

UN ENNEMI DE TOUT CE QUI EST FAUX.

# NOTES

Note 1<sup>re</sup>. — Deux questions :

1° Ces Messieurs du Lycée sont-ils condamnés à l'ameublement obligatoire, à leurs frais, bien entendu ?

2° Est-ce de nos deniers que sont payés les meubles, les tentures, les glaces, les pendules, etc., etc., dont l'existence de ces Messieurs doit être embarrassée s'ils sont obligés de se servir de tous les appartements qui leur sont offerts ?

Dans le premier cas, pauvres Proviseurs ! pauvres Censeurs ! pauvres Economes'! pauvres Aumôniers! quelle ruine pour vous quand vous devez changer de Lycée, étant obligés de vous faire suivre par les objets nécessaires pour garnir qui 15 ou 17 pièces, qui 10 ou 12, etc., etc. !!!

Mais rassurez-vous, lecteurs, sur le sort de ces Messieurs ; c'est avec nos deniers que notre édilité a payé cet ameublement à outrance !....

Et les frais d'entretien en état de propreté de semblables logements ? Quels soucis !

Mais, faute de trottoirs, par un temps de pluie, on se met de la boue jusqu'aux oreilles pour se rendre de la porte des Adieux au Cimetière... et il en est de même de la porte de Bonne au cours Berriat...

Cette solution de continuité des trottoirs ferait croire à une séparation de corps et de biens entre l'ancienne et la nouvelle ville.

Note 2<sup>e</sup>. — Il faut ne pas savoir ce que peuvent les INTRIGUES et ce que sont généralement capables de faire, malgré tout leur bon vouloir et toute leur honorabilité, des hommes que l'on a à peu près au hasard bombardé administrateurs d'immenses intérêts ; qui, jusqu'à l'âge de 40 ou 50 ans, ne se sont jamais occupés que de leurs PLAISIRS, en dehors de leurs affaires personnelles, pour s'incliner sans mot dire devant les décisions des divers CONSEILS qu'ils forment.

Si l'on pouvait faire une histoire exacte des faits et gestes de toutes nos assemblées nationales, communales, etc., on y trouverait, à doses égales, de quoi rire, de quoi pleurer et de quoi admirer ; les quantités ne varieraient que selon les tempéraments des lecteurs et le point de vue auquel ils se placeraient pour les juger.....

Il serait difficile de faire qu'il en fût autrement. Du reste, de nos jours, il n'y a plus, pour ainsi dire, que trois espèces de caractères d'hommes : les intrigants, les incapables et les indifférents ; ces derniers, dans les débats sur les affaires publiques, renforcent les rangs des seconds, quand ils ne trouvent pas leur compte à passer dans ceux des premiers ....

Mais quant aux hommes de PRINCIPES, qui leur sont d'une fidélité inébranlable, nulle institution n'en fabrique plus, et les vieux s'en vont !.....

En voyant jusqu'à quel point on pousse le laisser-faire, le laisser-aller ; en présence de certains faits, de certains langages et de certaines audaces, l'on se demande si bientôt on n'aura pas oublié ce que c'est qu'un homme de CARACTÈRE.....

En terminant, j'invite ceux à qui reviennent mes reproches, qui seraient disposés à me traiter de GRINCHU, à justifier tout ce qui semble incroyable, soit dans le percement de la rue Lafayette, soit dans les divers travaux publics, soit encore dans les autres parties de l'administration, dont je me suis occupé dans ma première brochure et dans celle-ci.

Des PLAISANTERIES ou des AFFIRMATIONS ne sont pas des ARGUMENTS.

Voici l'article du journal *l'Impartial dauphinois* du 9 janvier 1878. Trois raisons nous font un devoir de le reproduire :

1° Si l'on n'avait pas cet article sous les yeux, le plus grand nombre des pensées qu'il a fait naître paraîtraient inintelligibles.

2° On pourrait douter de la justesse des réparties et même, vu la vigueur de quelques-unes, on pourrait croire qu'elles exagèrent les choses, et de là à douter de notre bonne foi il n'y a pas loin...

3° Dans le but de prouver que si nous accusons d'étourderie et même de mauvaise foi son auteur, ce n'est pas sans motifs ; car on n'y voit pas un seul argument, un seul fait cité par lui qui puisse démontrer que tout ou partie de ce que renferme notre « 1er PAQUET DE VÉRITÉS » soit erroné. Il en a spirituellement attaqué la forme, et d'après certaines de ses petites malices, on peut conclure qu'il aurait bien voulu pouvoir en entamer le fond.

## UN POÈTE GRENOBLOIS.

Monsieur le rédacteur en chef,

Il y a déjà huit jours que Grenoble a vu paraître une œuvre étonnante, il y a huit jours que s'est montré, sous une couverture jaune serin, un poète extraordinaire qui est en même temps un penseur profond et un administrateur consommé, et votre journal n'en a pas encore parlé ! Permettez-moi de vous le dire, Monsieur le rédacteur en chef, ce n'est pas bien !

Je vais essayer de réparer cet oubli, car « *celui qui possède un bon flair* », comme dit notre nouveau poète, ne doit pas ignorer les grands événements qui se passent à sa porte, et la brochure jaune serin est un grand événement. Elle nous révèle un poète grenoblois, oui, Monsieur, grenoblois, qui consacre sa lyre (et quelle lyre !) à la critique des faits et gestes de la municipalité de Grenoble, qui émet les idées les plus nouvelles sur les monuments, les alignements, le présent et l'avenir, les grands et les petits hommes de Grenoble, qui foudroie les Facultés et le Lycée, Bayard et M. Gaché, les médecins et les curés, le gaz et les écoles ; je le répète, c'est un grand événement. D'ailleurs, vous allez en juger.

L'auteur... Mais d'abord qui est l'auteur ? c'est ce que demande la foule. Tout à l'heure, à la porte de la salle du scrutin, j'entendais plusieurs électeurs discuter cette grave question. Chacun proposait un nom différent et puisait dans la brochure jaune serin des preuves à l'appui de son opinion.

L'un disait : Ecoute, Marius, il a écrit :

*Six jours on boit de l'eau, le septième des chopes.*

Pour sûr c'est P..., l'ancien conseiller municipal, tu sais, celui qui a eu des malheurs avec la réaction.

Et non, ripostait l'autre, c'est X..., le géomètre, ça se voit à chaque page :

*L'angle droit doit toujours dans les villes nouvelles*
*Diviser les îlots...*
            *... Tout droit doit s'ouvrir toute rue,*
*Ne fût-ce que d'un pas, ou qu'on la continue.*
*Et l'on déplorerait que l'erreur ou l'abus*
*Fît des angles fermés ou des angles obtus.*

Et tant d'autres passages où il parle d'angles, d'alignements, etc. Comment veux-tu qu'il ne soit pas géomètre ?

Moi, répliquait un troisième, je crois plutôt qu'il est dans les nouvelles entreprises inodores ; ça doit être Y..., celui qui a monté la chose. Et c'est pour cela qu'il écrit dans son ouvrage :

> ... *De la fleur de l'homme, avant peu les parfums*
> *S'exhaleraient chez tous et non chez quelques-uns.*

Sentez-vous comme c'est joliment tourné ? Dire *la fleur de l'homme* en parlant de la..... Vous comprenez comme c'est ingénieux. Je parie pour Y..., d'autant plus qu'il a mis comme conclusion :

> *Ne blâmons pas celui qui possède un bon flair.*

Ne le blâmons pas, le malheureux ; dans la partie où il est, il est assez à plaindre d'avoir *un bon flair*.

On faisait cercle autour des orateurs pendant cette discussion ; on riait aux éclats ; chacun proposait un nom, mais on ne pouvait pas s'entendre. J'ai pensé, Monsieur le rédacteur en chef, que la meilleure manière de savoir bientôt à quoi s'en tenir était de vous prier de parler de cette brochure dans votre journal. Aussitôt qu'elle sera connue et que le succès dont elle est si digne sera confirmé, l'auteur se dévoilera lui-même ; car, vous le savez, la modestie des poètes n'est pas invincible ; et je crois mon procédé d'un effet certain. Essayons-en, si vous voulez bien. L'auteur a intitulé son ouvrage : *Premier paquet de vérités,* et pour se mieux cacher il l'a fait imprimer à Valence, mais il a pris soin de nous avertir qu'il était de Grenoble.

Il prend à partie le Conseil municipal (celui d'hier) et il lui dit son fait sur une foule de questions ; il faut voir comme il l'arrange à propos du gaz, et de la tour de l'Hôtel-de-Ville, et de la porte Louis (remarquez qu'il ne dit pas : Saint-Louis), et de la rue Montorge, mais surtout à propos du bâtiment des Facultés. Ce bâtiment l'exaspère ; il lui consacre plus de deux cents vers, et quels vers ! En voici des échantillons :

> *La déesse Science a des voiles épais*
> *Ne cédant qu'aux cervaux qui font de très-grands frais.*

Que c'est harmonieux ! et comme c'est bien dit : *Les cerveaux qui font des frais et même de très-grands frais !* Et *les voiles épais* qui ne cèdent *qu'aux cerveaux !* Le cerveau de l'auteur de la brochure a dû faire *de bien grands frais* pour produire ces vers-là, et les suivants donc !...

   *....... Il faut avec ordre*
*Ne mettre sous sa dent que le pain qu'on peut mordre*
*Et ne jamais servir pour entrée un dessert,*
*Ou bien notre ignorance est plus à découvert.*

L'auteur serait-il restaurateur, ou cuisinier ? Pour distinguer si bien « *les entrées* » et « *les desserts* », il faut des connaissances que tout le monde ne possède pas.

Et plus loin :

  *Quand du simple bon sens on sait être l'esclave,*
  *Dès que l'on s'est taché, sur-le-champ on se lave.*

Comme c'est élégamment écrit ! et comme on voit que le poète est naturellement propre ; combien d'électeurs, même à Grenoble, ne pourraient pas dire :

  *Dès que je suis taché, sur-le-champ je me lave.*

C'est un vers que je demande à la municipalité future (dont j'espère bien que notre poète va faire partie) de faire graver en lettres d'or au-dessus de toutes les fontaines de la ville.

Mais il faut tout lire, Monsieur, chaque page est pleine de traits aussi remarquables, et je ne peux pas tout citer.

J'ai cherché quelque temps à comprendre pourquoi notre compatriote était animé d'une si grande colère contre le *Temple des Facultés*, comme il l'appelle ironiquement. Il lui trouve tous les défauts, l'inutilité, la cherté ; il lui reproche d'être l'œuvre « *d'une sombre cabale.* » (Il paraît que c'est l'ordre des Jésuites qui a *procréé les germes de ce loup*.) — Il annonce que l'*essaim de nos étudiants* va s'envoler

  *Vers un climat plus doux, dans un milieu plus pur*

(Notez qu'il s'agit de Lyon.), et qu'il ne restera plus à Grenoble, comme auditoire aux Facultés, *que quelques idolâtres du culte de Morphée.*

Je crois avoir fini par trouver les raisons de cette rancune dans les vers suivants :

*Le nombre goûte-t-il la sublime science?*
*Celle des Facultés éblouit les esprits.*
*Combien, sortant d'un cours, ont quelque peu compris ?*
*Le style des savants étourdit la pensée*
*Qui ne (1) s'est pas à ses tours familiarisée, etc.*

Evidemment, notre poète est *étourdi par le style des savants.* On s'en aperçoit; il n'aime, il a soin de nous l'apprendre, ni l'Instruction supérieure, ni les Facultés, ni l'Ecole de droit, ni l'Ecole de médecine. Il les condamne toutes ; *Enseigner la science avec l'art littéraire* ne lui paraît pas *bon, ni même nécessaire.* Je crois qu'il a tort, et *l'art littéraire* lui serait personnellement *bon et même nécessaire ;* il l'empêcherait d'écrire :

*Oui : trois cent mille francs la truelle a fondus*

avec une s, ou bien :

*Pourquoi nous laisses-tu rendre à moitié momie*

sans s, quand il parle de plusieurs *milliers de filles.* Et c'est toujours rendre service à un poète, même de Grenoble, que de lui épargner des fautes d'orthographe.

Mais je ne veux pas insister davantage sur ce petit défaut de notre concitoyen; quand il saura l'orthographe, vous verrez qu'il se réconciliera avec les Facultés. J'aime mieux le remercier des découvertes curieuses qu'il a faites dans les dépenses de la ville. Figurez-vous que, d'après lui, la dernière administration municipale aurait consacré près de *cent mille écus pour faire un escalier aussi beau qu'inutile,* à vingt-cinq pas de l'ancien escalier du Musée et dans le même bâtiment. Voilà un escalier que je me promets bien d'aller voir. Cent mille écus! un escalier! On aurait bien dû le mettre sous la voûte de l'Hôtel de Ville! Il aurait remplacé avantageusement celui qui conduit aujourd'hui à la Caisse d'épargne.

---

(1) L'auteur de cet article (qui devrait être infaillible) est informé que ce vers peut fort bien se tenir debout sans le pied qu'il y a ajouté...

C'est égal, cent mille écus! c'est trop, et je comprends bien que notre concitoyen ajoute :

*La ville sent, je crois, la faim troubler son ventre !*

Voilà encore un vers que je voudrais voir gravé dans la salle des séances du Conseil municipal : il ferait frémir les prodigues du Conseil qui seraient tentés, comme leurs prédécesseurs, de gratter la tour de l'Hôtel de Ville. Au sujet de cette tour, la brochure jaune serin renferme un passage étonnant. Ecoutez :

*Si l'on voulait encor faire un beau pigeonnier,*
*Où nos femmes prendraient des leçons du ramier,*
*Sur l'art de roucouler avec moins de prudence,*
*Dans le louable but de repeupler la France ! !*

Avouez, Monsieur, que voilà une idée, mais une idée que vous n'auriez pas eue, ni moi non plus. Etablir un pigeonnier au Jardin de Ville, et pourquoi? Pour donner à nos *femmes des leçons dans le louable but de repeupler la France!*

Est-ce que vraiment les dames de Grenoble auraient besoin de leçons de ce genre!... Je crois qu'après celle-là on peut tirer l'échelle. Et pourtant, que de traits exquis à citer encore! *Bayard serf jouant l'apôtre expirant* pour un *maître et se donnant à l'autre.* Et les Grenoblois, qui ont un *horrible défaut,* celui de... je vous le donne en mille.... celui de *rechigner !* — et tant d'autres *perles !*

Je m'arrête enfin; vous lirez *Le premier paquet,* Monsieur le rédacteur en chef, tout Grenoble le lira, et vous vous joindrez à la population ravie pour prier, pour supplier le poète inconnu de quitter son voile jaune serin et de nous montrer son visage. Je suis sûr qu'il doit avoir un beau visage ! Il ne *rechignera* pas, Monsieur, c'est un *horrible défaut.* Il nous dira son nom, et alors tous, oui, tous, nous lui élèverons une statue où nous le représenterons armé du *fouet de la satire* et écrivant ces vers, qui sont le couronnement de son œuvre magistrale :

*Si l'on veut établir la bonne République,*
*Sans borne (?) il ne faut pas devenir pacifique.*

UN ADMIRATEUR DE LA BELLE POÉSIE.

Grenob'e. — Imprimerie V⁰ RIGAUDIN, 8, rue Servan.